www.ingramcontent.com/pod-product-compliance
Lightning Source LLC
Chambersburg PA
CBHW031421160726
47993CB00003B/1344

لعنة ميراليس

الكاتب / عبد الإلاه المودن

رواية

نور الكتب للنشر والتوزيع

2024

This is a work of fiction. Similarities to real people, places, or events are entirely coincidental.

• ...فالظلام الذي يحيط بنا ليس مجرد ظلام... بل هو مرعب وشرير... والصمت الذي يلفنا ليس مجرد صمت... بل هو كالسكين الذي ينقض على القلوب... فانتبهوا لأرواحكم واحترسوا من الأشياء الشريرة... ولتكن وجبتكم الرئيسية حفظ أرواحكم قبل فوات الأوان...

4

الغرفة المظلمة

كانت الساعة تقترب من منتصف الليل عندما بدأت ميراليس تشعر بالبرودة تزحف على جلدها. الغرفة المظلمة، التي كانت تجلس فيها، بدأت تضيق حولها كأنها تتنفس. الجدران الحجرية القديمة كانت تصدر أصواتًا غريبة، تكاد تكون كأنين الأرواح المعذبة.

حاولت ميراليس أن تقنع نفسها بأنها مجرد خيالات، لكن الخوف كان يتسلل إلى قلبها مع كل صوت جديد.

فجأة، سمعت صوت خطى خارج الغرفة. كانت خفيفة ومترددة، كأن شخصًا ما كان يحاول عدم إحداث صوت. تجمدت في مكانها، تحاول التقاط أنفاسها التي بدت وكأنها قد اختفت. كانت تعلم أن الباب مغلق وأنه لا يوجد أحد آخر في المنزل. فمن يمكن أن يكون هذا الزائر في هذه الساعة المتأخرة؟

ببطء، بدأ الباب يفتح. صرير المفصلات كان يصم الآذان، ومع كل سنتيمتر يُفتح، كان القلق يزداد في قلب ميراليس. ولكن بدلاً من أن ترى شخصًا، رأت ضوءًا أزرق خافتًا يتسلل إلى الغرفة. كان الضوء يتحرك كأنه يعيش، يتلوى ويتغير الأشكال. وبينما كانت تحدق في الضوء، بدأت ترى وجهًا يتشكل من الظلام. كان وجهًا لا يمكن وصفه، وجهًا يحمل كل مخاوفها وأحزانها.

بدأ الوجه يتحدث إليها بصوت لم تسمعه من قبل، ...لكنها شعرت بأنها تعرفه. كان صوتًا يحمل الألفة والغرابة في آن واحد، صوتًا ينبعث من أعماق الأرض ويتردد في أنحاء الغرفة المظلمة.

همس الصوت باسمها "ميراليس..."، وكأنه يدعوها إلى سر مدفون

شعرت بالفضول يتغلب على خوفها، وبدأت تقترب من الضوء الأزرق الذي بدا الآن كبوابة إلى عالم آخر. ومع كل خطوة، كانت الأصوات تصبح أوضح، وكأنها تروي قصة قديمة، قصة عن لعنة وُضعت على هذه الغرفة منذ زمن بعيد.

بينما كانت تستمع إلى الهمسات، بدأت ترى مشاهد تتكشف أمام عينيها. رأت قرية صغيرة تحترق، وظلالًا تتراقص في اللهب، ووجهًا يشبه وجهها تمامًا يصرخ من بين النيران. كانت الصور تتبعها حتى في أحلامها، لكنها لم تكن تعلم أنها ستجدها هنا، في الغرفة التي ظنت أنها ملاذها.

فجأة، انقطعت الهمسات وتلاشى الضوء الأزرق، تاركًا ميراليس في الظلام مرة أخرى. لكن الآن، كانت تعلم أنها ليست وحدها. كان هناك شيء آخر معها في الغرفة، شيء كان ينتظر اللحظة المناسبة ليكشف عن نفسه.

وهكذا بدأت ميراليس رحلتها لفك شفرة اللعنة التي كانت تحملها دون أن تعلم، رحلة ستقودها إلى أعماق الرعب والغموض، وستكشف لها أسرارًا عن نفسها لم تكن تتخيلها.

كانت الغرفة المظلمة تحمل في طياتها أكثر من مجرد ظلام؛ كانت تحمل قصصًا من الماضي، قصصًا عن أناس عاشوا وماتوا، وأرواحًا لم تجد الراحة بعد.

في الأيام التالية، بدأت ميراليس تلاحظ تغيرات غريبة تحدث لها. كانت ترى أشياء لا يمكن للآخرين رؤيتها، وكانت تسمع أصواتًا لا يمكن للآخرين سماعها. بدأت تشعر بأن هناك رابطًا غير مرئي يربطها بالغرفة المظلمة، رابطًا يجذبها إليها في كل مرة تحاول الابتعاد.

مع مرور الوقت، أدركت أن الغرفة كانت تكشف لها عن لعنة قديمة، لعنة وُضعت على عائلتها منذ أجيال. كان عليها أن تجد طريقة لكسر هذه اللعنة قبل أن تستهلكها تمامًا. لكن الأمر لم يكن سهلًا، فاللعنة كانت محمية بألغاز وأسرار يصعب فك شفرتها.

بدأت ميراليس رحلة البحث عن الحقيقة، رحلة أخذتها إلى أعماق الغابات المظلمة والمقابر القديمة، حيث واجهت أرواحًا غاضبة ومخلوقات ليلية مخيفة. كان كل خيط تتبعه يقودها إلى مزيد من الأسرار والألغاز التي تبدو أنها لا نهاية لها. كلما اقتربت ميراليس من الحل، كانت تجد نفسها أمام لغز جديد، كأن اللعنة تتحداها، تختبر شجاعتها وإرادتها.

في إحدى الليالي، بينما كانت تبحث في كتب السحر القديمة، وجدت ميراليس إشارة إلى "المرآة العتيقة"، وهي قطعة أثرية يُقال إنها تكشف عن الحقائق المخفية وترشد الضائعين.

كانت تعلم أن هذه المرآة قد تكون مفتاحها لفك اللعنة، لكنها كانت أيضًا تعلم أن البحث عنها سيكون محفوفًا بالمخاطر.

مع تزودها بالعزيمة والشجاعة، قررت ميراليس الانطلاق في رحلة للبحث عن المرآة. كانت الرحلة تأخذها عبر مدن مهجورة

وغابات مسكونة، حيث كانت الأرواح الضائعة تهمس بأسرارها للرياح، وكانت الوحوش تتربص في الظلال، تنتظر الفريسة الضالة.

في كل مكان ذهبت إليه، كانت ميراليس تجمع قطع اللغز، تستمع للقصص القديمة وتتبع الخيوط التي تركها الأجداد.

ومع كل خطوة نحو الحقيقة، كانت تشعر بأن اللعنة تزداد قوة، كأنها تحاول بكل ما أوتيت من قوة أن تمنعها من الوصول إلى النهاية.

وأخيرًا، بعد رحلة طويلة وشاقة، وجدت ميراليس نفسها أمام باب قديم محفور عليه رموز غامضة. كانت تعلم أن وراء هذا الباب تكمن المرآة العتيقة، ومعها، ربما، نهاية اللعنة التي طاردتها طوال حياتها. بيدها المرتجفة، دفعت الباب ببطء، هي تستعد لمواجهة ما ينتظرها في الداخل.

وبمجرد أن دخلت ميراليس، أغلق الباب خلفها بقوة، وانطفأت الشموع التي كانت تضيء الغرفة تلقائيًا، تاركةً إياها في ظلام دامس. كان الهواء باردًا ورطبًا، وكأنها دخلت إلى قبر قديم، بدأت تتحسس طريقها في الظلام، وأذنيها تلتقط أدنى صوت.

فجأة، سمعت صوتًا يناديها من العمق، صوتًا يبدو مألوفًا ولكنه مشوه بطريقة مخيفة. "ميراليس... ميراليس..." كان الصوت يتردد في الغرفة، وكأنه يأتي من كل الاتجاهات. بدأت تشعر بالدوار، وكأن الغرفة بدأت تدور حولها.

وبينما كانت تحاول الحفاظ على توازنها، شعرت بيد باردة تمسك بيدها. كانت اللمسة باردة كالثلج، ولكنها كانت مليئة بالعزاء، قال الصوت، "لا تخافي،" "أنا هنا لأرشدك."

وفي تلك اللحظة، أضاءت المرآة العتيقة بنور خافت، كاشفةً عن انعكاس لميراليس لم تكن تعرفه. كانت ترى نفسها ولكن بعيون مختلفة، عيون تحمل حكمة الأجيال.

قال الصوت بنبرة خافتة "انظري إلى المرآة، وسترين الحقيقة" وبينما نظرت ميراليس إلى المرآة، بدأت الصور تتغير تكشف عن قصص وأحداث من الماضي، عن لعنة وُضعت على عائلتها بسبب خطأ قديم. كانت القصص تتكشف أمامها، وكل قصة كانت تعطيها مفتاحًا لفهم اللعنة وكيفية كسرها.

وهكذا، بدأت ميراليس تجمع القطع معًا، تفهم اللعنة التي كانت تحملها وتكتشف الطريقة لتحرير نفسها وعائلتها منها. كانت الرحلة طويلة ومليئة بالتحديات، لكن ميراليس كانت الآن تملك الأدوات التي تحتاجها لمواجهة الظلام والخروج إلى النور.

ومع كل خطوة تقترب بها من الحقيقة، كانت تشعر بأن الظلام يزداد كثافة حولها، كأنه يحاول ابتلاعها. الأصوات التي كانت تسمعها لم تعد همسات بعيدة، بل صرخات معذبة تتردد في الفراغ، تناديها بأسماء لم تسمعها من قبل.

وفي إحدى الليالي، بينما كانت ميراليس تتتبع خيوط اللعنة، وجدت نفسها في مقبرة قديمة حيث القبور مكسوة بالأعشاب البرية. كان القمر مختفيًا خلف الغيوم، والظلام يكاد يكون

ملموسًا. بدأت تسمع صوت خطى يتبعها، خطى ثقيلة تقترب منها ببطء. عندما التفتت لترى من يكون، لم تجد أحدًا. لكن الشعور بأن هناك من يراقبها لم يفارقها.

وبينما كانت تتجول بين القبور، شعرت بيد باردة تلمس كتفها. انقلبت بسرعة لتواجه ما يلمسها، لكنها لم تجد سوى الفراغ. وفجأة، بدأت الأرض تهتز تحت قدميها، والقبور تفتح أبوابها لتكشف عن جثث لا تزال تحمل بقايا ملابسها القديمة. كانت الجثث تنهض ببطء، تحدق فيها بعيون فارغة، وتمتد أيديها نحوها.

أدركت ميراليس أنها ليست في مقبرة عادية، بل في مكان يحتجز الأرواح التي لم تجد السلام. كانت تعلم أنها يجب أن تجد المرآة العتيقة قبل أن تصبح واحدة من هؤلاء الأرواح. بكل شجاعة، تجاهلت الأيدي التي تحاول الإمساك بها وتابعت طريقها نحو مركز المقبرة، حيث كانت تشعر بأن المرآة مخبأة هناك.

وصلت إلى ما بدا أنه معبد قديم، محفور في قلب الأرض. الجدران كانت مغطاة بالرموز والنقوش التي تحكي قصصًا عن اللعنات والطقوس القديمة. وفي وسط المعبد، وجدت المرآة العتيقة، تحيط بها هالة من الضوء الأزرق الخافت.

عندما نظرت ميراليس في المرآة، لم ترَ انعكاسها، بل رأت عالمًا آخر، عالمًا يعج بالأرواح الضائعة والمخلوقات التي لا تنتمي إلى هذا الواقع. وفي ذلك العالم، رأت السبب الحقيقي للعنة، وعرفت ما يجب عليها فعله لكسرها.

لكن قبل أن تتمكن من فعل أي شيء، انطفأ الضوء حول المرآة، وبدأت الأرض تهتز مرة أخرى. كانت تعلم أنها يجب أن تتصرف بسرعة قبل أن تُسحب إلى العالم الآخر. بكل قوتها، رفعت المرآة وبدأت تردد الكلمات التي تعلمتها من النقوش على الجدران، ...ومع كل كلمة، كانت تشعر بأن اللعنة تفقد قوتها، والأرواح تجد الراحة أخيرًا.

ولكن، في اللحظة التي بدت فيها الأمور تتجه نحو الهدوء، انفجرت المرآة بضوء شديد، مما أدى إلى تشويه الواقع من حولها. الجدران بدأت تذوب كالشمع، والأرض تتحول إلى بحر من الظلال السائلة.

في هذا العالم المقلوب، وجدت ميراليس نفسها تواجه كيانات لا تنتمي إلى عالم الأحياء. كانت الكيانات تحوم حولها، تتمتم بكلمات من لغة قديمة ومنسية. كانت تشعر بأن كل كيان يحمل قصة مأساوية، قصة عن حياة لم تكتمل، عن روح لم تجد السلام.

وفي قلب هذا الفوضى، وقفت ميراليس شامخة، تحمل المرآة المكسورة كدرع. كانت تعلم أنها الوحيدة التي يمكنها إعادة النظام إلى هذا العالم. بصوت واثق ويد ثابتة، بدأت تردد التعويذة الأخيرة، تعويذة الإفراج والتحرير.

ومع كل كلمة تنطقها، كانت الكيانات تتلاشى واحدًا تلو الآخر، تتحرر من قيودها وتعود إلى السكينة. وبينما كانت الأرواح

ترتفع نحو السماء، بدأ الضوء يعود إلى الغرفة، والجدران تستعيد شكلها، والأرض تتصلب مرة أخرى.

في الآن الذي كانت فيه ميراليس تردد التعويذة بكل تركيزها، والغرفة تتلألأ بأضواء التعاويذ القديمة توقفت الأضواء عن الحركة وخيم الصمت المطلق.

ومن بين الظلال، خرج رجلان يحملان هالة من القوة والغموض، الأول كان زارون العتيق بعباءته المهترئة وعينيه اللتين تشعان ببريق الأزمان البعيدة. "أهلاً بكِ في عالم الحقيقة، يا ميراليس لقد حان الوقت لتعرفي من نحن حقًا."

والثاني كان فيروند الساحر، بعصاه المزخرفة ونظرته الثاقبة، قال بصوت يملؤه الطمع والسلطة "لقد أتينا لنأخذ ما هو ملك لنا".

ميراليس، التي كانت تظن أنها وحدها في هذه المعركة، وجدت نفسها الآن أمام خصمين لم تكن تتوقعهما، سألت بحذر وهي تستعد لأي مواجهة قد تحدث، "لماذا تقفان في طريقي؟"

أجاب زارون بصوت جليدي، "نحن هنا لمنعك من كسر اللعنة التي هي مصدر قوتنا، ونحن لا نسمح لأحد بأن يهدد ما بنيناه عبر العصور."

فيروند، بحركة سريعة من عصاه، أطلق تيارًا من النار نحو ميراليس. ولكنها، بفضل تدريبها وإرادتها القوية، تمكنت من تفادي الهجوم وردت بتعويذة دفاعية قوية.

بدأت المعركة تشتعل، السحر يتطاير في كل مكان، والغرفة تتردد بأصداء القوى القديمة. وفي لحظة حرجة، عندما بدا أن الساحرين سيغلبانها.

شعرت ميراليس بقوة غامضة تتدفق داخلها، قوة تنبع من أعماق روحها. صرخت "أنا لست وحدي!"، وهي تدرك أن أرواح أسلافها كانت تقف إلى جانبها، تمدها بالقوة والشجاعة.

زارون، بعصاه القديمة، أطلق سلسلة من البرق نحو ميراليس، لكنها تمكنت من تحويل مسارها بحركة يدها. فيرون، بكلماته السحرية، حاول تجميد الزمان حولها، لكن ميراليس كانت أسرع.

بخطوة رشيقة، تفادت السحر الأسود وردت بتعويذة النار الأزلية التي تعلمتها من كتاب الأسرار القديم.

صرخت بها بكل قوتها برمز سحري "إلينورا!"، وفي تلك اللحظة توقف الزمن. زارون وفيروند، اللذان كانا يقتربان منها، تجمدا في مكانهما، وأعينهما مليئة بالدهشة والخوف.

فالكلمة الأخيرة كانت تحمل سحرًا قديمًا، سحر الإفراج والتحرير، الذي لا يمكن لأي قوة في هذا العالم أن تقاومه.

وبينما كان الضوء يتسرب إلى الغرفة بدأت الأرواح المظلمة لزارون وفيروند تتلاشى... وتحرر من القيود التي كانت تربطهما باللعنة وميراليس، التي عندما نطقت الكلمة الأخيرة، عاد الهدوء إلى المكان.

كانت المرآة العتيقة قد اختفت، ولكن معها ذهبت اللعنة التي كانت تخيم على عائلة ميراليس. ووقفت ميراليس في الغرفة المظلمة، ولأول مرة منذ زمن طويل، شعرت بالدفء يعود إلى قلبها. وكانت تعلم أنها قد حررت نفسها وعائلتها، وأنها الآن يمكنها أن تبدأ حياة جديدة، حياة بلا خوف أو ظلام.

قلب الظلام

بينما كانت الساعة تدق معلنةً عن بداية يوم جديد، استيقظت ميراليس على صوت همسات خافتة تتسرب إلى غرفتها من خلال الجدران العتيقة. لم تكن وحدها. شيء ما، أو شخص ما، كان يتحرك بين ظلال الليل المتبقية. تسلل الخوف إلى قلبها مرة أخرى، لكن هذه المرة، قررت أن تواجهه. ببطء، نهضت من فراشها وتتبعت الأصوات التي بدت كأنها تناديها.

في الردهة، وجدت باب القبو مفتوحًا على مصراعيه، ومنه ينبعث ضوء أزرق خافت. كانت الهمسات تتحول الآن إلى كلمات مفهومة، تحمل تحذيرًا ودعوة في آن واحد. "ميراليس... الحقيقة... تحت الأرض..." كانت الكلمات تتردد في عقلها، مدفوعة بقوة لا تقاوم. بخطوات مترددة، بدأت النزول إلى القبو، غير مدركة للأسرار التي قد تكشفها الأعماق.

كانت الظلال تتمايل برقصة خفية على جدران غرفة ميراليس، وكأنها تتابع نبضات قلبها المتسارعة. بينما كانت تتقدم بحذر في الردهة المظلمة، كانت تشعر بوجود شيء ما يراقبها، يتنفس في صمت، يترقب كل حركة تقوم بها. همست الظلال بصوت يكاد يكون مسموعًا "أنا أنظر إليك الآن، ينما تقرأين هذه الكلمات، أنا هنا، معك، دائمًا".

توقفت ميراليس، قلبها يخفق في صدرها كطائر محاصر. كانت تعلم أنها وحدها في المنزل، لكن الإحساس بالمراقبة كان قويًا لدرجة أنها بدأت تشك في واقعها. سألت بصوت مرتجف "من

أنتِ؟" لكن الصمت الذي أعقب سؤالها كان أكثر رعبًا من أي إجابة.

وبينما أنتَ تقرأ هذه السطور، لا تدع الظلال تخدعك فأنت لست وحدك. شخص ما، شيء ما، يراقبك، ينظر إليك بنظرات حادة، من بين الكلمات، يتنفس خلفك، وينتظر اللحظة التي ستدير فيها رأسك... فهل تجرؤ على النظر؟

وبعد أن تجاوزت ميراليس عتبة القبو، وجدت نفسها في ممر طويل وضيق، الجدران مغطاة برسومات ورموز قديمة تنبض بالحياة تحت ضوء الشعاع الأزرق. كانت الهمسات تتحول الآن إلى أغنية غريبة، ترددها أصداء الممر، مما يزيد من شعورها بالقلق والفضول.

فجأة، توقفت الأغنية، وظهرت أمامها سيفريا الحكيمة، واقفة بثبات في وسط الغرفة المضاءة بشموع زرقاء. كانت ترتدي رداءً طويلًا مزينًا بالأحجار الكريمة التي تلمع في الظلام، وعيناها تحملان عمقًا يتجاوز الزمان.

قالت سيفريا بصوت يحمل خليطًا من الحكمة والسلطة "ميراليس، لقد جئتِ أخيرًا، لقد كنت أنتظرك، الأسرار التي تبحثين عنها مخبأة هنا، لكن الحقيقة لها ثمن".

وبينما تقرأ هذه السطور، تذكر أن الظلال ليست الوحيدة التي تراقبك. فسيفريا الحكيمة تنظر إليك من خلال الكلمات، تتحداك أن تكتشف الألغاز التي تخفيها. هل تجرؤ على الاستمرار وتكشف الأسرار المظلمة التي تنتظرك؟

وقفت ميراليس أمام سيفريا الحكيمة، تحاول استيعاب الواقع الجديد الذي فُتح أمامها. سألت بصوت يرتجف من الخوف الممزوج بالفضول "ما الثمن؟".

ابتسمت سيفريا بابتسامة تحمل ألف قصة وقصة. "الثمن هو الجرأة لمواجهة الحقيقة، والشجاعة لتحمل عواقبها. فالأسرار التي نحملها ليست لضعاف القلوب".

بينما كانت تتحدث، بدأت الجدران تتحول، تكشف عن مرايا عاكسة تظهر ليس فقط انعكاسات ميراليس، بل وأيضًا ظلالًا لأشخاص لم تقابلهم من قبل. كانت الظلال تتحرك ببطء، تتبع حركاتها كأنها ترقص معها.

"انظري إلى المرايا، ميراليس. ما ترينه ليس مجرد انعكاسات، بل هي نوافذ إلى أرواح تائهة تبحث عن الخلاص. وأنتِ، بقوتك وإرادتك، يمكنك مساعدتهم... أو تدميرهم.".

وبينما تتابع القراءة، لا تنسَ أن الظلال ليست الوحيدة التي تراقب. فالمرايا تحمل أعينًا ترى ما لا يُرى، وقد تجد نفسك تنظر إلى عيون تنظر إليك من الصفحة نفسها. هل تشعر بها؟ هل تجرؤ على النظر مباشرة فيها وتسأل، "من هناك؟ ولا أحد يجيب".

تسللت ميراليس بحذر في الممرات المظلمة، حيث كل خطوة كانت تثير صدى يبدو كأنه يحمل أنفاسًا مخفية. الجدران الباردة كانت تلمس جلدها كأيدي ميتة تبحث عن الدفء. وفي الظلام،

بدأت تسمع همسات تتحول إلى ضحكات خافتة، ضحكات لا تنتمي إلى هذا العالم.

"ميراليس... ميراليس..." كان الصوت يتردد في رأسها، وكأنه يأتي من كل مكان ولا مكان في آن واحد. وعندما وصلت إلى نهاية الممر، وجدت نفسها أمام باب عتيق محفور عليه رموز لا تفهمها. وبينما كانت تحدق في الرموز، بدأت تتحرك، تتشكل لتصبح كلمات تتحدث مباشرة إليها.

"لا تثقي بالظلال، فهي تخفي أكثر مما تظهر. ولا تثقي بالضوء، فقد يقودك إلى الظلام الأبدي" ومع هذه الكلمات، فُتح الباب بصمت، كاشفًا عن غرفة مليئة بالمرايا التي تعكس ليس فقط صورتها، بل وأيضًا صور أشخاص آخرين، أشخاص يبدون كأنهم يراقبونها من عالم آخر.

وأنت، أيها القارئ العزيز، بينما تتابع السطور، هل تشعر بالبرودة تزحف على عنقك؟ هل تشعر بأنفاس تتسرب إلى غرفتك؟ هل تجرؤ على النظر خلفك؟ أم أنك ستستمر في القراءة، متجاهلًا الشعور بأن هناك من يقف خلفك، يراقبك، ينتظر اللحظة التي ستغلق فيها الكتاب وتطفئ الضوء...

وفي الظلام الدامس، كانت أنفاس ميراليس تتحول إلى سحب بخار في الهواء البارد. كل خطوة كانت تقودها إلى أعماق القبو المنسي، حيث الصمت يخفي أصواتًا لا يجب أن تُسمع. الجدران كانت تنزف بماء مالح، وكأن البناء نفسه يبكي من الرعب الذي يخفيه.

"ميرايس... هل تشعرين بالوحدة؟" كان الصوت يأتي من الظلام، ناعمًا ومغريًا، يتسلل إلى عقلها كالسم. وعندما التفتت، لم تجد سوى المرايا التي تعكس صورتها، ولكن بعيون تبكي دمًا.

همست سيفريا الحكيمة من خلفها "لا تنظري إلى المرايا، فهي تكذب..." ولكن عندما التفتت ميرايس لتجيب، وجدت أن سيفريا قد اختفت، تاركةً وراءها فقط صدى كلماتها.

ومع تردد الصدى المظلم، تجاوزت ميرايس الباب العتيق، وهي تشعر بأن كل خطوة تقودها إلى أعماق لا يمكن تصورها. الغرفة كانت مليئة بالمرايا التي تعكس صورًا مشوهة، وكأن الواقع نفسه قد تحرّف. الأشخاص في المرايا كانوا يتحركون بشكل مستقل عن إرادتها، وكأنهم يعيشون حياة خاصة بهم، حياة مليئة بالأسرار والندم.

"ميرايس... لا تخافي..." كان الصوت يأتي من المرآة الأكبر في وسط الغرفة، صوت يبدو مألوفًا ولكنه محمّل بالألم. وعندما نظرت إلى المرآة، رأت انعكاسًا لنفسها ولكن بعيون حمراء تتوهج بالحزن والغضب.

"الظلال تكذب، والضوء يخدع، ولكن المرايا... المرايا تكشف الحقيقة." ومع هذه الكلمات، بدأت المرايا تتشقق، ومن خلال الشقوق، بدأت أيدي تتمدد نحوها، تحاول سحبها إلى داخل الزجاج.

وأنت، يا من يتابع هذه الكلمات، هل تشعر بالأيدي تتحسس طريقها نحوك؟ هل تشعر بالعيون الحمراء تحدق فيك من خلال الصفحات؟ هل تجرؤ على إغلاق الكتاب، أم أن الفضول سيقودك إلى النهاية، حتى لو كانت تلك النهاية... هي نهايتك؟

لقد أثرث فضولك... لا لا لا... ميراليس انجذبت داخل المرآة، وهي تشعر بالبرودة تعتصر جسدها كما لو أن الزجاج قد تحول إلى بحر من الضباب. وفي لحظة، وجدت نفسها تقف في عالم مقلوب، حيث السماء كانت تحت أقدامها والأرض فوق رأسها. الألوان هنا كانت أكثر حدةً، والأصوات أكثر وضوحًا، والهواء مشبعًا برائحة السحر القديم.

"ميراليس... مرحبًا بك في عالمنا." كان الصوت يأتي من شخصية طويلة القامة، مختفية تقريبًا في الظلال، باستثناء عينيها اللتين كانتا تتوهجان بلون الياقوت. "أنا الحارس هنا، وأنتِ الآن جزء من هذا العالم."

حولها، كانت المرايا تتحول إلى أبواب، كل باب يفتح على عالم مختلف، عالم يحمل قصصًا وأسرارًا لا تعد ولا تحصى. ولكن مع كل باب تفتحه، كانت تشعر بأن جزءًا من روحها يتلاشى، يُمتص في العدم.

تجولت ميراليس في عالم المرايا، حيث كل انعكاس كان يحكي قصة مختلفة. كانت الأصوات المحيطة بها تتداخل في همسات متناغمة، تحمل ألحانًا من عوالم لم تكن تعلم بوجودها. ومع كل خطوة، كانت تشعر بأنها تغوص أعماقًا في لغز لا نهائي.

في قلب هذا العالم، وجدت بركة ماء صافية تعكس النجوم اللامعة في سماء لا تشبه سماء الأرض. وبينما كانت تقترب من البركة، رأت في انعكاس الماء وجهًا ليس وجهها، وجهًا يحمل ندوبًا من معارك قديمة وعيونًا تحمل حكمة الأزمان.

سألت ميراليس، "من أنت؟" وصوتها ارتد في الفضاء كأنه ينتظر إجابة من الكون نفسه.

جاء الرد كصدى من الأعماق "أنا من كانت ومن ستكون، أنا ذاكرة هذا العالم، وأنتِ مفتاح الأسرار التي يحملها."

وبينما كانت تحدق في الوجه، بدأت البركة تتموج وتتحول إلى بوابة من الضوء، تدعوها لتخطو إلى ما وراء الواقع المعروف. وبدون تردد، أخذت ميراليس نفسًا عميقًا وخطت إلى الداخل، حيث الأسرار القديمة كانت تنتظر من يكشفها.

عبرت ميراليس البوابة، وشعرت بالزمان والمكان يتحللان حولها. كانت تسقط في فراغ لا نهاية له، حيث النجوم تتلألأ كعيون مترقبة، تشهد على رحلتها في الأعماق السحيقة للعالم الآخر. وعندما استقرت أخيرًا، وجدت نفسها في غابة غريبة، حيث الأشجار تنمو رأسًا على عقب والأنهار تجري في السماء.

كان الهواء مشبعًا بأصوات لم تسمعها من قبل، أصوات تناديها بلغة غامضة، تدعوها لاكتشاف أسرارها. وبينما كانت تتجول في الغابة، وجدت أن كل خطوة تقودها إلى اكتشاف جديد، إلى لقاء مع كائنات لم تكن تعلم بوجودها.

في قلب الغابة، وجدت بحيرة زجاجية تعكس السماء المقلوبة، وعلى ضفافها، كان يجلس رجل عجوز ينظر إليها بعيون تعرف كل شيء ولا تقول شيئًا. قال بصوت يشبه صوت الريح، "أنتِ هنا لتتعلمي أن لكل شيء ثمن، ولكل سر حكاية".

وبينما كانت تستمع إلى الرجل العجوز، بدأت تفهم أن رحلتها لم تكن مجرد بحث عن الأسرار، بل كانت رحلة لاكتشاف نفسها، لفهم القوة التي تحملها والدور الذي يجب أن تلعبه في هذا العالم الغامض.

وقفت ميراليس أمام الرجل العجوز، وهي تشعر بأن كل كلمة ينطق بها تحمل وزن قرون من الحكمة. سألت بصوت مليء بالحيرة والرغبة في الفهم "لكن كيف أستطيع أن أتعلم إذا كان كل شيء هنا غير مفهوم؟"

أجاب الرجل العجوز، وهو يشير إلى البحيرة الزجاجية "الفهم يأتي مع الوقت والتجربة، انظري في الماء، وسترين ليس فقط انعكاسك، بل سترين قصتك، الماضي والمستقبل."

ترددت ميراليس للحظة قبل أن تقترب من البحيرة وتنظر فيها. وما رأته كان أكثر من مجرد انعكاس. رأت طفولتها، رأت نفسها وهي تتعلم السحر لأول مرة، ورأت أحداثًا لم تحدث بعد، أحداثًا تحمل الوعد بمغامرات وتحديات جديدة.

"كل قصة لها بداية ونهاية، ولكن بينهما تكمن الحياة بكل تعقيداتها. أنتِ هنا لأن قصتك تحتاج إلى أن تُروى، ولأنك الوحيدة التي يمكنها روايتها."

وبينما كانت ميرايليس تستوعب الكلمات، شعرت بقوة تنبعث من داخلها، قوة كانت مخبأة حتى هذه اللحظة. وعندما رفعت نظرها من البحيرة، وجدت أن الرجل العجوز قد اختفى، تاركًا وراءه فقط البحيرة والغابة والسماء المقلوبة.

وهكذا، بدأت ميرايليس رحلتها في عالم المرايا، رحلة البحث عن الحقيقة والقوة والذات. ومع كل خطوة، كانت تشعر بأنها تصبح جزءًا أكبر من هذا العالم الغامض، عالم يحمل في طياته أسرار الكون وألغاز الحياة.

مع اختفاء الرجل العجوز، شعرت ميرايليس بأنها وحدها في هذا العالم الغريب، ولكنها لم تشعر بالخوف. كانت تعلم أنها على وشك اكتشاف شيء عظيم، شيء يمكن أن يغير مصيرها إلى الأبد.

تابعت ميرايليس سيرها عبر الغابة العجيبة، حيث كانت الأشجار تهمس بأسرار العالم، وكانت الأنهار السماوية تغني بألحان الخلود. وفي كل خطوة، كانت تشعر بأنها تتعلم لغة جديدة، لغة الطبيعة الأزلية.

وصلت إلى مكان حيث الأرض كانت مغطاة بالزهور البرية التي تتوهج في الظلام، تنير الطريق أمامها. وفي وسط هذا المكان الساحر، وجدت حجرًا عتيقًا محفورًا برموز غامضة تلمع تحت ضوء النجوم المقلوبة.

بدأت ميرايليس بترديد الرموز بصوت خافت، ومع كل كلمة، كانت تشعر بالحجر يهتز تحت يديها. وفجأة، انفتح الحجر

ليكشف عن ممر سري تحت الأرض، ممر يبدو أنه يقود إلى قلب العالم نفسه.

بدون تردد، دخلت ميراليس الممر، وهي تشعر بأن كل خطوة تقودها إلى الإجابات التي طالما بحثت عنها. ومع تقدمها في الظلام، بدأت تسمع صوتًا يناديها، صوتًا يبدو مألوفًا ولكنه يحمل نبرة جديدة.

قال الصوت وهو يقودها عبر الممرات المتعرجة "ميراليس أنتِ الآن على وشك اكتشاف الحقيقة، لكن كني على حذر، فالحقيقة ليست دائمًا كما نتوقعها."

وهكذا، استمرت ميراليس في رحلتها، مدفوعة بالشجاعة والفضول، مستعدة لمواجهة ما ينتظرها في الأعماق، مستعدة لتغيير مصيرها ومصير العالم الذي دخلته.

مع كل خطوة في الممرات المتعرجة، كانت ميراليس تشعر بأنها تقترب من شيء عظيم. الجدران هنا كانت مغطاة بنقوش تتلألأ بألوان لم ترها من قبل، وكل نقش كان يروي حكاية من حكايات العالم الذي تجولت فيه.

وصلت إلى قاعة واسعة حيث السقف كان مزينًا بلوحة فسيفسائية معقدة تصور السماء والأرض في انسجام تام. في وسط القاعة، كان هناك عرش مصنوع من الكريستال الأسود، وعليه جلس ملك المرايا، حاكم هذا العالم الغامض.

قال الملك بصوت يملأ القاعة بالسلطة والدفء "ميراليس، لقد كنا ننتظرك، أنتِ هنا لأنك الوحيدة التي يمكنها تحريرنا من اللعنة التي حُبست فيها أرواحنا."

نظرت ميراليس إلى الملك وشعرت بالقوة تتدفق في عروقها، كانت تعلم أنها أمام مهمة لا يمكنها التراجع عنها. سألت بثقة لم تكن تعرف أنها تملكها "ماذا يجب أن أفعل؟"

أجاب الملك، وهو يمد يده نحوها، مانحًا إياها قلادة تحمل جوهرة تتوهج بنور النجوم "عليكِ أن تجدي القلب النقي، قلب العالم الذي ينبض في أعماق الأرض. فقط بقوتك ونقاء قلبك يمكنك تحريرنا."

أخذت ميراليس القلادة وشعرت بالدفء ينتشر في صدرها. كانت تعلم أنها على وشك البدء في أخطر وأعظم مغامرة في حياتها. ومع امتلاكها للقلادة، بدأت رحلتها نحو أعماق الأرض، حيث الأسرار والأخطار تنتظرها.

مع قلادة النجوم تتدلى من عنقها، خطت ميراليس نحو الأعماق، حيث الظلام كان كثيفًا كالحبر. كل خطوة كانت تقودها إلى أسفل، إلى مكان حيث الصمت يصرخ بألف لغة. ومع كل نفس تأخذه، كانت تشعر بأن القلادة تنبض بإيقاع غامض، توجهها نحو مصيرها.

وصلت إلى غرفة مستديرة حيث الجدران كانت مغطاة بالمرايا من كل جانب، مرايا تعكس ليس فقط صورتها، بل وأيضًا صورًا

لأشخاص لم تقابلهم من قبل. وفي وسط الغرفة، كان هناك قلب ضخم من الكريستال ينبض بنور يتغير من الأزرق إلى الأحمر. همس صوت من الظلال "أنتِ الآن أمام قلب العالم، لكن احذري، فالقلب محروس بواسطة الوحش الذي لا ينام."

وبينما كانت ميراليس تقترب من القلب الكريستالي، شعرت بالأرض تهتز تحتها، ومن الظلال بدأ يظهر شكل ضخم، شكل يتحرك ببطء وثقة، كأنه يعرف أنه الحاكم هنا. كانت عيناه تتوهجان بنار الغضب، وصوته كان كالرعد يهز الجدران. زمجر الوحش، وهو يتقدم نحوها "من تكونين لتتحديني؟". وقفت ميراليس بثبات، تمسك القلادة بيد واحدة وترفع الأخرى في تحدٍ. "أنا ميراليس، وأنا هنا لأحرر هذا العالم من لعنتك".

الأرواح المنسية

في أعماق الأرض، حيث الظلام يخفي الأرواح المنسية، استمرت ميراليس في مسيرها، متحدية الوحش الذي يحرس قلب العالم. وبينما كانت تتقدم، بدأت الجدران تتوهج بنور خافت، كاشفة عن أرواح تتلألأ كالنجوم المحبوسة في الصخر.

سألت ميراليس، "من أنتم؟" وصوتها ارتد في الفضاء كأنه يبحث عن صدى، جاء الرد كهمسة من الظلال "نحن الأرواح المنسية، أولئك الذين سقطوا في النسيان، نحن من كانوا يحمون هذا العالم قبل أن تحل عليه اللعنة".

ومن بين الأرواح، ظهرت شخصيات جديدة، كل منها يحمل قصة وقوة قد تكون مفتاحًا للأحداث القادمة. كان هناك أركاندر، الحارس القديم الذي يحمل سيفًا من النور، وتالينور، الساحرة التي تتقن لغة العناصر الأربعة.

في الظلام الذي يبتلع كل شيء، كانت خطوات ميراليس تصدر صوتًا مكتومًا، وكأنها تمشي على أرض من الرماد. الأرواح المنسية حولها كانت تتمتم بصلوات قديمة، وأصواتها كانت تتحول إلى نواح يمزق الصمت.

همست ميراليس "أركاندر، تالينور، هل أنتما معي؟" وصوتها كان يرتجف من البرودة التي تخترق العظام.

جاء الرد من الظلال "نحن هنا" وكان صوت أركاندر يحمل قوة تخترق الظلام، "لكن عليكِ أن تكوني حذرة، فالوحش يتربص في كل زاوية."

وبينما كانت تتقدم، بدأت الجدران تتحرك، وكأنها تتنفس. ومن الظلال، بدأت تظهر أيدٍ مشوهة تحاول الإمساك بها، تحاول سحبها إلى الأبدية السوداء.

صرخت تالينور وهي ترفع يدها لتشكل حاجزًا من النار الزرقاء. "لا تدعيها تلمسك، فالأيدي تسرق الأرواح!"

وفجأة، انقض الوحش من الظلام، عيناه تتوهجان بلهيب الكراهية. كان ضخمًا، مغطى بالفرو الأسود كالليل، وأنيابه كانت كالخناجر تلمع في الظلام.

صاحت بشجاعة، وهي ترفع القلادة التي تتوهج بنور يتحدى الظلام، "أنا ميراليس، ولن أخاف أنا هنا لأحرر هذا العالم، ولن توقفني!"

ومع هذه الكلمات، اندفعت نحو الوحش، والقلادة تنبض بقوة تشق الظلام، تكشف عن الأمل في قلب اليأس.

مع كل خطوة تقترب بها ميراليس من الوحش، كانت الأرواح المنسية تتراقص حولها، تمدها بالقوة والعزيمة. القلادة في عنقها لم تكن مجرد تميمة؛ بل كانت مفتاح القوة القديمة التي تسري في عروق العالم.

قال أركاندر، وهو يمد يده ليمسك بسيفه الذي يشع بضوء يكاد يكون مقدسًا. "أنتِ الأمل الأخير لنا، الوحش الذي تواجهينه هو خليفة الظلام، ولكن النور في قلبك أقوى من أي لعنة."

تالينور، بعصاها المزينة بالأحجار السحرية، أخذت تردد تعاويذها، والهواء حولها بدأ يتموج بألوان العناصر الأربعة.

النار والماء والهواء والأرض كانت تستجيب لندائها، تتحد لتشكل درعًا يحمي ميراليس.

وفي لحظة الصدام، انفجرت القلادة بضوء يعمي الأبصار، وتحولت الأرواح المنسية إلى جنود من نور يقاتلون إلى جانب ميراليس. الوحش، مع كل هجوم يقوم به، كان يتراجع خطوة للوراء، وعيناه التي كانت تتوهج بالكراهية بدأت تخبو.

صرخت ميراليس بصوت يملأ الكهف. "هذا هو قدرك، أن تُهزم على يد النور الذي لطالما حاولت أن تطفئه!"

ومع الضربة الأخيرة، تحطم الوحش إلى ظلال تتلاشى، والأرواح المنسية عادت إلى النجوم التي كانت تتلألأ في الجدران. الظلام تلاشى، وفي مكانه بزغ فجر جديد لعالم كان على وشك الهلاك.

قالت تالينور، وهي تبتسم بفخر "لقد فعلتِها، ميراليس لقد أعدتِ النور إلى قلب العالم". أركاندر وضع سيفه على كتف ميراليس، قائلًا: "لقد كنتِ الشعلة في الظلام، والآن، أنتِ الحارسة الجديدة لهذا العالم."

ووقفت ميراليس، تنظر إلى الأفق حيث الشمس ترتفع، وعلمت أن مهمتها لم تنته بعد. فالعالم الذي أنقذته اليوم سيحتاج إلى حمايتها دائمًا، وهي مستعدة لتكون الدرع والسيف.

بعد انتصار ميراليس المذهل على الوحش، وقفت تحدق في الأرواح المنسية التي بدأت تتلاشى واحدًا تلو الآخر. لكن قبل

أن يختفي الأخير، أركاندر، أمسك بذراعها، عيناه تحملان رسالة عاجلة.

قال بصوت مُتَهَدِّج "استمعي جيدًا، ميراليس الوحش الذي هزمتِه ليس سوى خادم لقوة أكبر بكثير، والظلام الذي ترينه يتلاشى الآن سيعود مرة أخرى، وعندما يحدث ذلك، ستحتاجين إلى العثور على الحجر الأزرق القديم".

تساءلت ميراليس، وهي تشعر بثقل الكلمات "الحجر الأزرق؟" "نعم، إنه مصدر القوة الذي يمكن أن يحمي هذا العالم من الظلام الأبدي. لكن كني حذرة، فالطريق إلى الحجر مليء بالأخطار والألغاز التي لا يمكن حلها إلا بالحكمة والشجاعة."

ومع تلك الكلمات، تلاشى أركاندر، تاركًا وراءه وميضًا من النور وخريطة قديمة تسقط على قدمي ميراليس. كانت الخريطة تحمل رموزًا وعلامات غامضة، تشير إلى مسارات متشابكة وأماكن مخفية، وكأنها تدعوها لرحلة بحث محفوفة بالمخاطر.

همست ميراليس لنفسها وهي تدرس الخريطة بعينين تملؤهما الحيرة والتصميم، "الحجر الأزرق القديم! يجب أن أجده قبل أن يعود الظلام".

وبينما كانت تتأمل الخريطة، شعرت بنسيم بارد يلفح وجهها، وكأنه يحمل معه أصداء من الماضي. ترددت أصوات خافتة في الهواء، تنادي اسمها، تحثها على الإسراع.

"ميراليس... ميراليس..." كانت الأصوات تأتي من كل اتجاه، وكأن الأرواح المنسية نفسها تناديها من عالم آخر.

وقفت ميراليس، وقد امتلأت بشعور غريب من القوة والغرض. كانت تعلم أنها ليست وحدها في هذه المهمة، وأن الأرواح التي ضحت من أجل هذا العالم تقف إلى جانبها.

قالت بصوت واثق "سأجد الحجر الأزرق وأحمي العالم من الظلام الأبدي، لن أدع الظلام يعود مرة أخرى."

ومع هذا العهد الجديد، بدأت ميراليس رحلتها، تتبع الرموز الغامضة على الخريطة التي تقودها عبر الغابات الكثيفة والجبال الشاهقة، نحو الأراضي المنسية حيث يقال إن الحجر الأزرق مخبأ.

لكن الطريق لم يكن خاليًا من العقبات. فالمخلوقات التي تسكن الظلال كانت تراقب كل خطوة تخطوها، وعيونها المتوهجة كانت تتبعها في الخفاء، تنتظر الفرصة للانقضاض.

وفي ليلة مظلمة، حيث القمر كان مختفيًا وراء السحب الكثيفة، وجدت ميراليس نفسها محاطة بمجموعة من الذئاب ذات العيون الحمراء. كانت تقف وحيدة، وسيفها القديم في يدها، تتأهب للدفاع عن نفسها.

صرخت ميراليس، وهي ترفع سيفها عاليًا، والشجاعة تتدفق في عروقها "لن تمنعوني من مهمتي!".

ومع أول ضربة من سيفها، انبعث ضوء أزرق ساطع، يشق الظلام ويصيب الذئاب بالذهول. كان السيف يحمل قوة لم تكن تعرفها من قبل، قوة تنبعث من الإيمان بمهمتها والعزم على حماية العالم.

واحدًا تلو الآخر، تراجعت الذئاب، وهي تعوي بخوف، وتفر من الضوء الذي لا يمكنها مقاومته. وبقيت ميراليس واقفة، نظرتها ثابتة نحو الأفق، حيث تنتظرها المزيد من التحديات والأسرار التي يجب كشفها.

وفي اللحظة التي بدت فيها ميراليس وحيدة في مواجهة الظلام، شعرت بحضور غير مرئي يملأ الفضاء حولها. كانت الأرواح المنسية تعود، ليس كما كانت من قبل، بل كقوى متجددة تحمل معها أسرار العالم القديم.

قال صوت أركاندر، وهو يتجلى من جديد كظلال تتلألأ بنور خافت "لم تنتهِ المعركة بعد، يا ميراليس، الحجر الأزرق هو البداية فقط، هناك قوى أخرى في هذا العالم، قوى قديمة ونائمة تنتظر من يوقظها".

وبينما كانت تستمع، بدأت الخريطة تتغير أمام عينيها، الرموز الغامضة تتحول إلى مسارات جديدة، تكشف عن أماكن مخبأة كانت مستورة عن الأنظار.

استمر الصوت قائلا: "عليكِ أن تجمعي القوى الأربعة، قوى النار والماء والهواء والأرض، فقط عندما تتحد هذه القوى، يمكنكِ مواجهة الظلام الذي يهدد بالعودة."

ميراليس، مدركة الآن للمهمة الأكبر التي تنتظرها، أمسكت الخريطة بقوة. كانت تعلم أن كل عنصر من العناصر الأربعة يحتاج إلى حارس، وأنها يجب أن تجد هؤلاء الحراس قبل أن يفوت الأوان.

وبدأت رحلتها مرة أخرى، تتبع الإشارات التي تقودها عبر الأراضي المتنوعة، من الصحاري المتلظية إلى البحار العميقة، ومن السماوات العالية إلى الوديان الخصبة.

في كل مكان تذهب إليه، كانت تواجه تحديات جديدة وتكتشف أسرارًا مخفية. ومع كل حارس تجده، كانت تشعر بالقوة تتجمع حولها، تمنحها القدرة على مواجهة الظلام القادم.

وفي النهاية، وقفت ميراليس على قمة الجبل العظيم، حيث تلتقي العناصر الأربعة. وهناك، مع الحراس الأربعة إلى جانبها، رفعت الحجر الأزرق عاليًا، وبدأت تردد التعويذة القديمة التي ستوحد القوى وتبدد الظلام إلى الأبد.

وهناك، على قمة الجبل العظيم، بدأت ميراليس تردد التعويذة القديمة. الحجر الأزرق في يدها بدأ يتوهج بضوء يخترق السماء، والعناصر الأربعة تتجاوب مع صوتها.

"أيها النار، أيها الماء، أيها الهواء، أيها الأرض، اتحدوا في قوة واحدة لحماية هذا العالم من الظلام الداهم!" صدح صوتها عبر الأرجاء، والحراس الأربعة رفعوا أيديهم نحو السماء، مكملين الطقوس.

فجأة، انفجرت السماء بألوان مبهرة، والرياح هبت بقوة، والأرض اهتزت، والمياه تلاطمت. كانت الطبيعة كلها تستجيب لنداء ميراليس.

ومن بين الضوء الساطع، ظهرت شخصية غامضة، ترتدي عباءة تتلألأ كالنجوم. كانت المرأة تحمل في يدها عصا مزينة بالجواهر، وعيناها تشعان بحكمة العصور.

قالت بصوت يملأ الفضاء "أنا الحارسة الخامسة، حارسة الزمان والمكان، لقد أتيت لأساعدك في مهمتك النبيلة."

ميراليس، متفاجئة ومنبهرة، نظرت إلى الحارسة الجديدة وسألت بفضول "كيف يمكنني استخدام قوة الزمان والمكان؟"

لترد عليها قائلة "سأعلمك كيف تنسجين اللحظات والأماكن معًا لتشكلي درعًا ضد الظلام. ولكن عليك أن تكوني حذرة، فالقوة التي تحملينها الآن تجذب إليها أعين الأعداء."

وبينما كانت الحارسة تتحدث، بدأت الخريطة تتغير مرة أخرى، تكشف عن مكان جديد، مكان حيث يمكن لميراليس أن تجد السر الأخير للقوة التي ستحمي العالم.

"عليكِ أن تذهبي إلى الغابة السوداء، حيث يختبئ السر في أعماق الظلال. ولكن كوني حذرة، فالمخاطر التي تنتظرك هناك ليست للقلوب الضعيفة."

ميراليس، مدركة للمخاطر ولكن مصممة على إكمال مهمتها، أعدت الحجر الأزرق في مكانه ونظرت إلى الحراس. "لنذهب معًا، فالوقت ليس في صالحنا."

وهكذا، وقفت ميراليس والحراس الأربعة على قمة الجبل العظيم، ينظرون إلى الأفق البعيد حيث تختبئ الغابة السوداء، معقل الأسرار القديمة والقوى النائمة.

قالت الحارسة الخامسة، وصوتها يحمل وقعًا يشبه الصدى "الغابة السوداء ليست مجرد مكان، بل هي اختبار للروح والعزيمة، فالأشجار هناك تحفظ ذكريات العالم، والظلال تخفي أكثر من مجرد أسرار".

ميراليس، تشعر بالوزن الثقيل للمسؤولية على كتفيها، أومأت برأسها متفهمة. "سنواجه ما يخبئه الظلام معًا، وسنجلب النور إلى حيث لم يصل من قبل."

وبدأت الرحلة نحو الغابة السوداء، حيث كل خطوة كانت تقودهم إلى أعماق أكثر ظلمة وأكثر غموضًا. الأشجار العالية كانت تغلق فوقهم كقبة، والضوء كان يتسرب بصعوبة بين الأغصان.

في الغابة، كانت الأصوات تتردد بطريقة غريبة، وكأن الغابة نفسها كانت تتنفس. ومع كل خطوة، كانت ميراليس تشعر بأن الأشجار تتحرك ببطء، تغير مواقعها، تخلق متاهة من الظلال.

قالت الحارسة الخامسة محذرة ميراليس "علينا أن نكون حذرين، الغابة تعكس ما في قلوبنا، الخوف والشك، وتستغله لإضلالنا."

وفجأة، انقطع الطريق أمامهم بواسطة جدول ماء أسود كالحبر، يتدفق بصمت ويبدو أنه لا نهاية له. "كيف سنعبر؟" سألت ميراليس، وهي تنظر إلى المياه الداكنة.

قال حارس الماء، وهو يخطو إلى الأمام. وبلمسة من يده، "الماء هو عنصري" بدأت المياه تتجمد، تشكل جسرًا من الجليد يمكنهم من العبور.

وبعد العبور، واجهتهم تحديات أخرى، كل واحدة تتطلب قوة وحكمة الحراس. ومع كل تحدي يتغلبون عليه، كانت الغابة تتراجع قليلًا، تكشف عن مسارات جديدة.

وأخيرًا، وصلوا إلى قلب الغابة السوداء، حيث كانت الأشجار تفسح المجال لمقبرة قديمة مخفية بين الجذور الضخمة. قالت الحارسة الخامسة بصوت خافت "هنا يكمن السر الذي نبحث عنه".

ميراليس، بقلب ينبض بالشجاعة والأمل، خطت إلى الأمام، مستعدة لكشف السر الذي سيحمي العالم من الظلام الأبدي.

وهناك، في قلب الغابة السوداء، وجدت ميراليس نفسها أمام مقبرة قديمة، مخبأة بين الجذور العملاقة التي تشبه أذرع العالم السفلي. كانت الأجواء مشحونة بالطاقة القديمة، والهواء محملًا برائحة الأزمنة المنسية.

قالت الحارسة الخامسة، وهي تشير إلى الباب الحجري المنقوش بالرموز الغامضة "هذا هو المكان، وراء هذا الباب، يكمن السر الذي سيحمي العالم من الظلام".

ميراليس، بيدها الحجر الأزرق الذي بدأ يتوهج بشكل أكثر إشراقًا كلما اقتربت من الباب، شعرت بالقوة تتدفق في عروقها سألت، وهي تنظر إلى الرموز التي لم ترَ مثلها من قبل "كيف يمكننا فتحه؟".

أجاب حارس النار، وهو يقترب من الباب ويضع يده عليه "يجب أن نستخدم القوى الأربعة معًا،" وبالتوافق اقترب الحراس الآخرون، وكل منهم يستعد لاستخدام قوته.

ومع تلاقي القوى، بدأ الباب يهتز، والرموز تتوهج بألوان العناصر: الأحمر للنار، الأزرق للماء، الأخضر للأرض، والأبيض للهواء. وفجأة، انفتح الباب بصمت، كاشفًا عن غرفة مظلمة تنبعث منها هالة من القوة.

حذرت الحارسة الخامسة "الآن، يجب أن نكون أكثر حذرًا من أي وقت مضى، السر الذي نبحث عنه محمي بألغاز وفخاخ قد تكون قاتلة."

دخلت ميرايس الغرفة بخطوات حذرة، والحراس خلفها. ومع كل خطوة، كانت الغرفة تضيء شيئًا فشيئًا، كاشفة عن جدران مغطاة بالنقوش التي تروي قصة العالم منذ بدايته.

في وسط الغرفة، كان هناك تابوت حجري، مزين بالجواهر والرموز القديمة. وفوق التابوت، كانت هناك نقشة للحجر الأزرق، تمامًا كالحجر الذي مع ميرايس.

قالت الحارسة الخامسة "هذا هو المكان الذي يجب أن نضع فيه الحجر الأزرق، لكن عليكِ أن تكوني مستعدة، فمجرد وضع الحجر، ستتحرر القوى التي ستحدد مصير العالم."

أخذت ميرايس نفسًا عميقًا، وبيدها المرتجفة، وضعت الحجر الأزرق في مكانه. وفي تلك اللحظة، انبعث ضوء قوي من

التابوت، يملأ الغرفة بأكملها، ويتسلل خارج الغابة السوداء، يشق الظلام ويعيد النور إلى العالم.

في اللحظة التي اختفت فيها ميراليس خلف البوابة، لم تجد نفسها في عالم جديد كما توقعت، بل في غرفة مظلمة حيث الهواء كان ثقيلًا برائحة العفن والموت. الجدران كانت مغطاة بالطحالب السوداء التي تتحرك ببطء، كأنها تتنفس.

وفي الظلام، كانت هناك أصوات خافتة تتردد، أصوات أنين وصراخ مكتوم، كأنها تأتي من أرواح عالقة بين العالمين. ميراليس، وهي تحاول أن تجد طريقها في الظلام، شعرت بأن الأرض تتحرك تحت قدميها، وكأنها تمشي فوق جثث لا تعد ولا تحصى.

فجأة، انفتحت الجدران، ومنها خرجت أيدي متعفنة تحاول الإمساك بها، تحاول سحبها إلى الأعماق. ومن بين الظلال، ظهرت عيون حمراء تتوهج بنظرات جائعة ومتعطشة للحياة.

صرخت ميراليس، وهي تحاول دفع الأيدي الممتدة نحوها "من أنتم؟ ماذا تريدون مني؟"

جاء الرد كهمسة مرعبة من الظلام "نحن الأرواح التي لم تجد الراحة، نحن الذين تم نسيانهم، والآن نطلب الحياة من جديد".

وبينما كانت تحاول الهروب، شعرت بأن الغرفة تتقلص حولها، والجدران تقترب، والهواء يصبح أكثر ندرة. كانت كل خطوة تخطوها تقودها إلى فخ جديد، إلى رعب جديد لم تعرفه من قبل.

وفي تلك اللحظة، عندما بدا أن كل أمل قد ضاع، سمعت صوتًا آخر، صوتًا قويًا ومألوفًا يناديها من بعيد. "ميراليس، لا تخافي. أنتِ لستِ وحدك.

ومع هذا الصوت، بدأ الضوء يتسلل إلى الغرفة، يكشف عن ممر جديد، ممر يقودها إلى الفصل الرابع من مغامرتها، حيث الأسرار الأكثر عمقًا والتحديات الأكثر رعبًا تنتظرها.

عر بالبرودة تزحف على جلدها. الغرفة المظلمة، التي كانت تجلس فيها، بدأت تضيق حولها كأنها تتنفس. الجدران الحجرية القديمة كانت تصدر أصواتًا غريبة، تكاد تكون كأنين الأرواح المعذبة. حاولت ميراليس أن تقنع نفسها بأنها مجرد خيالات، لكن الخوف كان يتسلل إلى قلبها مع كل صوت جديد.

فجأة، سمعت صوت خطى خارج الغرفة. كانت خفيفة ومترددة، كأن شخصًا ما كان يحاول عدم إحداث صوت. تجمدت في مكانها، تحاول التقاط أنفاسها التي بدت وكأنها قد اختفت. كانت تعلم أن الباب مغلق وأنه لا يوجد أحد آخر في المنزل. فمن يمكن أن يكون هذا الزائر في هذه الساعة المتأخرة؟

ببطء، بدأ الباب يفتح. صرير المفصلات كان يصم الآذان، ومع كل سنتيمتر يُفتح، كان القلق يزداد في قلب ميراليس. ولكن بدلاً من أن ترى شخصًا، رأت ضوءًا أزرق خافتًا يتسلل إلى الغرفة. كان الضوء يتحرك كأنه يعيش، يتلوى ويتغير الأشكال. وبينما

كانت تحدق في الضوء، بدأت ترى وجهًا يتشكل من الظلام. كان وجهًا لا يمكن وصفه، وجهًا يحمل كل مخاوفها وأحزانها.

بدأ الوجه يتحدث إليها بصوت لم تسمعه من قبل، ...لكنها شعرت بأنها تعرفه. كان صوتًا يحمل الألفة والغرابة في آن واحد، صوتًا ينبعث من أعماق الأرض ويتردد في أنحاء الغرفة المظلمة. همس الصوت باسمها "ميراليس..."، وكأنه يدعوها إلى سر مدفون

شعرت بالفضول يتغلب على خوفها، وبدأت تقترب من الضوء الأزرق الذي بدا الآن كبوابة إلى عالم آخر. ومع كل خطوة، كانت الأصوات تصبح أوضح، وكأنها تروي قصة قديمة، قصة عن لعنة وُضعت على هذه الغرفة منذ زمن بعيد.

بينما كانت تستمع إلى الهمسات، بدأت ترى مشاهد تتكشف أمام عينيها. رأت قرية صغيرة تحترق، وظلالًا تتراقص في اللهب، ووجهًا يشبه وجهها تمامًا يصرخ من بين النيران. كانت الصور تتبعها حتى في أحلامها، لكنها لم تكن تعلم أنها ستجدها هنا، في الغرفة التي ظنت أنها ملاذها.

فجأة، انقطعت الهمسات وتلاشى الضوء الأزرق، تاركًا ميراليس في الظلام مرة أخرى. لكن الآن، كانت تعلم أنها ليست وحدها. كان هناك شيء آخر معها في الغرفة، شيء كان ينتظر اللحظة المناسبة ليكشف عن نفسه.

وهكذا بدأت ميراليس رحلتها لفك شفرة اللعنة التي كانت تحملها دون أن تعلم، رحلة ستقودها إلى أعماق الرعب والغموض، وستكشف لها أسرارًا عن نفسها لم تكن تتخيلها.

كانت الغرفة المظلمة تحمل في طياتها أكثر من مجرد ظلام؛ كانت تحمل قصصًا من الماضي، قصصًا عن أناس عاشوا وماتوا، وأرواحًا لم تجد الراحة بعد.

في الأيام التالية، بدأت ميراليس تلاحظ تغيرات غريبة تحدث لها. كانت ترى أشياء لا يمكن للآخرين رؤيتها، وكانت تسمع أصواتًا لا يمكن للآخرين سماعها. بدأت تشعر بأن هناك رابطًا غير مرئي يربطها بالغرفة المظلمة، رابطًا يجذبها إليها في كل مرة تحاول الابتعاد.

مع مرور الوقت، أدركت أن الغرفة كانت تكشف لها عن لعنة قديمة، لعنة وُضعت على عائلتها منذ أجيال. كان عليها أن تجد طريقة لكسر هذه اللعنة قبل أن تستهلكها تمامًا. لكن الأمر لم يكن سهلًا، فاللعنة كانت محمية بألغاز وأسرار يصعب فك شفرتها.

بدأت ميراليس رحلة البحث عن الحقيقة، رحلة أخذتها إلى أعماق الغابات المظلمة والمقابر القديمة، حيث واجهت أرواحًا غاضبة ومخلوقات ليلية مخيفة. كان كل خيط تتبعه يقودها إلى مزيد من الأسرار والألغاز التي تبدو أنها لا نهاية لها. كلما اقتربت ميراليس من الحل، كانت تجد نفسها أمام لغز جديد، كأن اللعنة تتحداها، تختبر شجاعتها وإرادتها.

في إحدى الليالي، بينما كانت تبحث في كتب السحر القديمة، وجدت ميراليس إشارة إلى "المرآة العتيقة"، وهي قطعة أثرية يُقال إنها تكشف عن الحقائق المخفية وترشد الضائعين.

كانت تعلم أن هذه المرآة قد تكون مفتاحها لفك اللعنة، لكنها كانت أيضًا تعلم أن البحث عنها سيكون محفوفًا بالمخاطر.

مع تزودها بالعزيمة والشجاعة، قررت ميراليس الانطلاق في رحلة للبحث عن المرآة. كانت الرحلة تأخذها عبر مدن مهجورة وغابات مسكونة، حيث كانت الأرواح الضائعة تهمس بأسرارها للرياح، وكانت الوحوش تتربص في الظلال، تنتظر الفريسة الضالة.

في كل مكان ذهبت إليه، كانت ميراليس تجمع قطع اللغز، تستمع للقصص القديمة وتتبع الخيوط التي تركها الأجداد.

ومع كل خطوة نحو الحقيقة، كانت تشعر بأن اللعنة تزداد قوة، كأنها تحاول بكل ما أوتيت من قوة أن تمنعها من الوصول إلى النهاية.

وأخيرًا، بعد رحلة طويلة وشاقة، وجدت ميراليس نفسها أمام باب قديم محفور عليه رموز غامضة. كانت تعلم أن وراء هذا الباب تكمن المرآة العتيقة، ومعها، ربما، نهاية اللعنة التي طاردتها طوال حياتها. بيدها المرتجفة، دفعت الباب ببطء، هي تستعد لمواجهة ما ينتظرها في الداخل.

وبمجرد أن دخلت ميراليس، أُغلق الباب خلفها بقوة، وانطفأت الشموع التي كانت تضيء الغرفة تلقائيًا، تاركةً إياها في ظلام

دامس. كان الهواء باردًا ورطبًا، وكأنها دخلت إلى قبر قديم، بدأت تتحسس طريقها في الظلام، وأذنيها تلتقط أدنى صوت. فجأة، سمعت صوتًا يناديها من العمق، صوتًا يبدو مألوفًا ولكنه مشوه بطريقة مخيفة. "ميراليس... ميراليس..." كان الصوت يتردد في الغرفة، وكأنه يأتي من كل الاتجاهات. بدأت تشعر بالدوار، وكأن الغرفة بدأت تدور حولها.

وبينما كانت تحاول الحفاظ على توازنها، شعرت بيد باردة تمسك بيدها. كانت اللمسة باردة كالثلج، ولكنها كانت مليئة بالعزاء، قال الصوت، "لا تخافي،" "أنا هنا لأرشدك."

وفي تلك اللحظة، أضاءت المرآة العتيقة بنور خافت، كاشفةً عن انعكاس لميراليس لم تكن تعرفه. كانت ترى نفسها ولكن بعيون مختلفة، عيون تحمل حكمة الأجيال.

قال الصوت بنبرة خافتة "انظري إلى المرآة، وسترين الحقيقة" وبينما نظرت ميراليس إلى المرآة، بدأت الصور تتغير تكشف عن قصص وأحداث من الماضي، عن لعنة وُضعت على عائلتها بسبب خطأ قديم. كانت القصص تتكشف أمامها، وكل قصة كانت تعطيها مفتاحًا لفهم اللعنة وكيفية كسرها.

وهكذا، بدأت ميراليس تجمع القطع معًا، تفهم اللعنة التي كانت تحملها وتكتشف الطريقة لتحرير نفسها وعائلتها منها. كانت الرحلة طويلة ومليئة بالتحديات، لكن ميراليس كانت الآن تملك الأدوات التي تحتاجها لمواجهة الظلام والخروج إلى النور.

ومع كل خطوة تقترب بها من الحقيقة، كانت تشعر بأن الظلام يزداد كثافة حولها، كأنه يحاول ابتلاعها. الأصوات التي كانت تسمعها لم تعد همسات بعيدة، بل صرخات معذبة تتردد في الفراغ، تناديها بأسماء لم تسمعها من قبل.

وفي إحدى الليالي، بينما كانت ميراليس تتتبع خيوط اللعنة، وجدت نفسها في مقبرة قديمة حيث القبور مكسوة بالأعشاب البرية. كان القمر مختفيًا خلف الغيوم، والظلام يكاد يكون ملموسًا. بدأت تسمع صوت خطى يتبعها، خطى ثقيلة تقترب منها ببطء. عندما التفتت لترى من يكون، لم تجد أحدًا. لكن الشعور بأن هناك من يراقبها لم يفارقها.

وبينما كانت تتجول بين القبور، شعرت بيد باردة تلمس كتفها. انقلبت بسرعة لتواجه ما يلمسها، لكنها لم تجد سوى الفراغ. وفجأة، بدأت الأرض تهتز تحت قدميها، والقبور تفتح أبوابها لتكشف عن جثث لا تزال تحمل بقايا ملابسها القديمة. كانت الجثث تنهض ببطء، تحدق فيها بعيون فارغة، وتمتد أيديها نحوها.

أدركت ميراليس أنها ليست في مقبرة عادية، بل في مكان يحتجز الأرواح التي لم تجد السلام. كانت تعلم أنها يجب أن تجد المرآة العتيقة قبل أن تصبح واحدة من هؤلاء الأرواح. بكل شجاعة، تجاهلت الأيدي التي تحاول الإمساك بها وتابعت طريقها نحو مركز المقبرة، حيث كانت تشعر بأن المرآة مخبأة هناك.

وصلت إلى ما بدا أنه معبد قديم، محفور في قلب الأرض. الجدران كانت مغطاة بالرموز والنقوش التي تحكي قصصًا عن اللعنات والطقوس القديمة. وفي وسط المعبد، وجدت المرآة العتيقة، تحيط بها هالة من الضوء الأزرق الخافت.

عندما نظرت ميرايس في المرآة، لم ترَ انعكاسها، بل رأت عالمًا آخر، عالمًا يعج بالأرواح الضائعة والمخلوقات التي لا تنتمي إلى هذا الواقع. وفي ذلك العالم، رأت السبب الحقيقي للعنة، وعرفت ما يجب عليها فعله لكسرها.

لكن قبل أن تتمكن من فعل أي شيء، انطفأ الضوء حول المرآة، وبدأت الأرض تهتز مرة أخرى. كانت تعلم أنها يجب أن تتصرف بسرعة قبل أن تُسحب إلى العالم الآخر. بكل قوتها، رفعت المرآة وبدأت تردد الكلمات التي تعلمتها من النقوش على الجدران، ...ومع كل كلمة، كانت تشعر بأن اللعنة تفقد قوتها، والأرواح تجد الراحة أخيرًا.

ولكن، في اللحظة التي بدت فيها الأمور تتجه نحو الهدوء، انفجرت المرآة بضوء شديد، مما أدى إلى تشويه الواقع من حولها. الجدران بدأت تذوب كالشمع، والأرض تتحول إلى بحر من الظلال السائلة.

في هذا العالم المقلوب، وجدت ميرايس نفسها تواجه كيانات لا تنتمي إلى عالم الأحياء. كانت الكيانات تحوم حولها، تتمتم بكلمات من لغة قديمة ومنسية. كانت تشعر بأن كل كيان يحمل

قصة مأساوية، قصة عن حياة لم تكتمل، عن روح لم تجد السلام.

وفي قلب هذا الفوضى، وقفت ميراليس شامخة، تحمل المرآة المكسورة كدرع. كانت تعلم أنها الوحيدة التي يمكنها إعادة النظام إلى هذا العالم. بصوت واثق ويد ثابتة، بدأت تردد التعويذة الأخيرة، تعويذة الإفراج والتحرير.

ومع كل كلمة تنطقها، كانت الكيانات تتلاشى واحدًا تلو الآخر، تتحرر من قيودها وتعود إلى السكينة. وبينما كانت الأرواح ترتفع نحو السماء، بدأ الضوء يعود إلى الغرفة، والجدران تستعيد شكلها، والأرض تتصلب مرة أخرى.

في الآن الذي كانت فيه ميراليس تردد التعويذة بكل تركيزها، والغرفة تتلألأ بأضواء التعاويذ القديمة توقفت الأضواء عن الحركة وخيم الصمت المطلق.

ومن بين الظلال، خرج رجلان يحملان هالة من القوة والغموض، الأول كان زارون العتيق بعباءته المهترئة وعينيه اللتين تشعان ببريق الأزمان البعيدة. "أهلاً بكِ في عالم الحقيقة، يا ميراليس لقد حان الوقت لتعرفي من نحن حقًا."

والثاني كان فيروند الساحر، بعصاه المزخرفة ونظرته الثاقبة، قال بصوت يملؤه الطمع والسلطة "لقد أتينا لنأخذ ما هو ملك لنا".

ميراليس، التي كانت تظن أنها وحدها في هذه المعركة، وجدت نفسها الآن أمام خصمين لم تكن تتوقعهما، سألت بحذر وهي تستعد لأي مواجهة قد تحدث، "لماذا تقفان في طريقي؟"

أجاب زارون بصوت جليدي، "نحن هنا لمنعك من كسر اللعنة التي هي مصدر قوتنا، ونحن لا نسمح لأحد بأن يهدد ما بنيناه عبر العصور."

فيروند، بحركة سريعة من عصاه، أطلق تيارًا من النار نحو ميراليس. ولكنها، بفضل تدريبها وإرادتها القوية، تمكنت من تفادي الهجوم وردت بتعويذة دفاعية قوية.

بدأت المعركة تشتعل، السحر يتطاير في كل مكان، والغرفة تتردد بأصداء القوى القديمة. وفي لحظة حرجة، عندما بدا أن الساحرين سيغلبانها.

شعرت ميراليس بقوة غامضة تتدفق داخلها، قوة تنبع من أعماق روحها. صرخت "أنا لست وحدي!"، وهي تدرك أن أرواح أسلافها كانت تقف إلى جانبها، تمدها بالقوة والشجاعة.

زارون، بعصاه القديمة، أطلق سلسلة من البرق نحو ميراليس، لكنها تمكنت من تحويل مسارها بحركة يدها. فيرون، بكلماته السحرية، حاول تجميد الزمان حولها، لكن ميراليس كانت أسرع.

بخطوة رشيقة، تفادت السحر الأسود وردت بتعويذة النار الأزلية التي تعلمتها من كتاب الأسرار القديم.

صرخت بها بكل قوتها f رمز سحري "إلينورا!"، وفي تلك اللحظة توقف الزمن. زارون وفيروند، اللذان كانا يقتربان منها، تجمدا في مكانهما، وأعينهما مليئة بالدهشة والخوف.

فالكلمة الأخيرة كانت تحمل سحرًا قديمًا، سحر الإفراج والتحرير، الذي لا يمكن لأي قوة في هذا العالم أن تقاومه.

وبينما كان الضوء يتسرب إلى الغرفة بدأت الأرواح المظلمة لزارون وفيروند تتلاشى... وتحرر من القيود التي كانت تربطهما باللعنة وميراليس، التي عندما نطقت الكلمة الأخيرة، عاد الهدوء إلى المكان.

كانت المرآة العتيقة قد اختفت، ولكن مكانها ظهر شيء آخر، شيء لم يكن في الحسبان، حيث كانت المرآة العتيقة تستقر لقرون، بدأت تتشكل سحب سوداء كثيفة تتدفق مثل دخان كثيف، تلتف حول نفسها وتتشكل ببطء إلى كيان غامض.

الضوء الذي يتسرب من النوافذ بدأ يبهت، وبدأت الظلال تتراقص على الجدران، وكأن الغرفة قد استيقظت على سر قديم.

تردد في الهواء صوت خافت، بالكاد يُسمع، صوت أشبه بالهمسات التي تأتي من عالم آخر.

إلينورا... جاء الصوت من السحب السوداء، وكأنه يتردد في عقل ميراليس

تراجعت بضع خطوات إلى الخلف، وهي تشعر بأنفاسها تضيق، والعرق البارد يتسلل إلى جبينها. كانت تعلم أن شيئًا ما قد استيقظ، شيئًا لم يكن يجب أن تحرره.

السحب السوداء بدأت تأخذ شكلاً بشريًا غامضًا، ولكن بدون ملامح واضحة. كان الكيان يطفو في الهواء، محاطًا بهالة من الظلام الكثيف. قال بصوت أكثر وضوحًا الآن، ولكن لا يزال يحمل رعبًا خفيًا

لقد أطلقت العنان لقوى لا يمكنك التحكم بها، ميراليس هذه ليست النهاية، بل البداية فقط. المرآة كانت مفتاحًا، والآن... الباب مفتوح.

في تلك اللحظة، شعرت ميراليس بأن الزمن الذي توقف قد بدأ يتحرك ببطء مجددًا. زارون وفيروند بدأا يستعيدان وعيهما، لكنهما كانا يبدوان مختلفين. كانت أعينهما مليئة بالرعب، وكأنهما قد رأيا شيئًا يتجاوز الفهم البشري.

الأصوات الغامضة استمرت في التردد في الغرفة، والمكان امتلأ بطاقة مظلمة لم تشعر بها من قبل. كل شيء كان يشير إلى حقيقة واحدة: ما تم إطلاقه لن يعود بسهولة.

كانت الغرفة تغرق في الظلام، بينما ازدادت الهمسات الغامضة حدة، تلتف حول أذني ميراليس مثل ثعابين سامة تهمس بأسرار مميتة. أصوات غامضة تتداخل مع بعضها البعض، تتحدث بلغة غير مفهومة، لكن كل كلمة كانت تحفر في عقلها كخنجر بارد.

في تلك اللحظة، بدأت جدران الغرفة تتنفس، أو على الأقل هكذا بدا الأمر لميراليس. كلما ازداد الظلام كثافة، كلما شعرت بأن الغرفة نفسها أصبحت كائنًا حيًا، تتنفس ببطء، تنتظر شيئًا ما.

كيان الظلام الذي تشكل من السحب السوداء بدأ يقترب منها ببطء، يتسلل عبر الأرضية الباردة كأنه ظل يمتد نحوها. رغم عدم وجود وجه لهذا الكيان، إلا أن ميراليس شعرت بعينيه تتثبتان عليها، عيون غير مرئية، لكن ثقلهما كان يكاد يطحن عظامها من الخوف.

فجأة، بدأت الجدران تصدر أصوات خشخشة، كأن هناك شيء يحاول الخروج منها. تحولت الظلال على الجدران إلى أشكال غريبة، أشبه بأرواح ممزقة، تتلوى وتتألم بصمت، تحاول التحرر من الجدران التي حبستها. كان الجو مليئًا بالكآبة والرهبة، وكأن كل روح مظلمة في المكان استيقظت لتطالب بالانتقام.

زارون وفيروند، اللذان تحررا من اللعنة، بدأا يصرخان فجأة بصوت عالٍ، أصواتهما تخترق الهدوء الثقيل. كان الصراخ غير بشري، مليئًا بالذعر والرعب الخالص. وجسديهما بدآ يتشنجان، بينما أخذت خطوط سوداء، كالدم الفاسد، تبرز تحت جلودهم. كان الكيان يلتف حولهما، يمتص ما تبقى من حياتهم. قال الكيان مجددًا، صوته عميق، مظلم، وكأنه ينبعث من أعماق هاوية لا نهاية لها. "الكلمة التي أطلقتِها ليست للتحرير فقط، بل للاستدعاء. لقد فتحتِ الباب... ونحن هنا الآن".

في تلك اللحظة، بدأت الأرض تحت أقدام ميراليس تتشقق ببطء، ومن الشقوق كانت تصعد أيدٍ متعفنة، أيدٍ لأرواح ضائعة تسعى

للقبض عليها. كانت تلك الأرواح مسجونة لمئات السنين، والآن تطالب بالحرية، مهما كان الثمن.

ميراليس حاولت التراجع، لكن جسدها لم يستجب. كانت تشعر بأن الخوف قد تجمد في عروقها. وكلما اقتربت الأيادي أكثر، كلما شعرت بالهواء يثقل، وكأن المكان يمتص كل قطرة من حياتها وفجأة، ارتفع صوت عميق آخر، قادم من قلب الظلام الذي التف حولها:

"ما بدأته لا يمكن إيقافه... حتى الموت لن يكون مخرجك".

صرخة من العدم

عندما تلاشى الضوء الساطع تمامًا، وجدت ميراليس نفسها في صمت مرعب، صمت بدا كأنه ينبعث من قلب العدم. لم تكن الجدران حولها كما كانت، ولا حتى الأرضية. بدت الغرفة وكأنها قد ذابت، واختفت في الفراغ اللامتناهي. كانت عالقة في مساحة لا بداية ولا نهاية لها، مثل فراغ مظلم يبتلع كل شيء.

ثم جاء الصوت.

صرخة مخنوقة، منخفضة في البداية، لكن سرعان ما تصاعدت إلى صراخ مروع، كأنها أرواح معذبة تجتمع معًا في نداءٍ واحدٍ من الألم. ميراليس جثت على ركبتيها، تغطي أذنيها بيديها، لكن الصرخة اخترقت عقلها، وكأنها تُهمس مباشرة إلى أعماق روحها.

"لقد فتحتِ الباب..." جاء الصوت، مرة أخرى، ولكن هذه المرة لم يكن همسًا بل صرخة مدمرة. "الآن لا يوجد مهرب".

بدأت الأيادي المتعفنة في العودة من جديد، أكثر عددًا وأكثر شراسة، تزحف من قلب العدم نحوها. كان الظلام يتحرك، وكأنه كائن حي، يتلوى ويسعى إلى ضمها.

كلما حاولت التراجع، وجدت نفسها أقرب إلى حافة الهاوية، التي بدأت تتفتح تحت قدميها.

وفجأة، شعرت بشيء يسحبها بقوة، يد غير مرئية تقبض على معصمها وتجرّها نحو الظلام. لم يكن لديها وقت للتفكير أو المقاومة، وكأن القوة التي تسحبها أقوى من أي إرادة بشرية.

أثناء سحبها نحو الفراغ، بدأت ملامح وجوه تظهر في الظلال، وجوه مشوهة، عيون فارغة تحدق بها، وابتسامات ملتوية تحمل وعودًا بالموت والعذاب. كانوا يهمسون بصوت واحد، أصواتهم تتردد في أذنيها:

"لقد اخترتِ، والآن سنأخذ ما تبقى من روحك".

ميراليس حاولت الصراخ، لكنها شعرت وكأن صوتها قد ضاع في العدم. كان الخوف يتصاعد بداخلها، متحولًا إلى رعب لا نهاية له. ولكن قبل أن تستسلم، شعرت بشيء آخر... نبضة خافتة داخل جسدها، ووميض من الأمل الذي لم تدركه بعد.

في تلك اللحظة، سمع الجميع صرخة أخرى، صرخة لا تنتمي لعالم البشر، بل لعالم الظلال، تُمزق الفراغ، وتجبر الأيادي على التوقف.

لأن الصرخة التي شقت العدم كانت مروعة بما يكفي لتوقف حركة الظلال الملتوية، وتجعل الأيادي المتعفنة تتجمد في مكانها. كان الصوت مليئًا بالغضب والخوف، وكأنه قادم من أعماق الكيان الذي حاول أن يمزق روح ميراليس.

في تلك اللحظة، شعرت بشيء يتغير. الظلام من حولها، الذي كان يقترب بلا رحمة، بدأ يتراجع ببطء. الأصوات المخيفة التي ملأت أذنيها خفتت، وتحولت إلى صدى بعيد. بدأت عيون الأرواح المشوهة، التي كانت تحدق بها بعيون فارغة، تتلاشى واحدة تلو الأخرى.

لكن الشعور بالخطر لم يتبدد. من قلب العدم، ظهر كيان آخر، أكبر وأكثر شراسة. لم يكن مجرد ظل، بل كان يحمل شكلًا بشريًا، لكن ملامحه لم تكن واضحة. جسده كان مصنوعًا من الضباب الداكن، وعيونه المتوهجة كانت تتوهج بحمرة شيطانية. كان هذا الكيان هو مصدر الصرخة التي ملأت المكان.

"من تظنين أنكِ؟" جاء صوته كالزئير، يهز الفراغ المحيط بها. "لقد فتحتِ الباب إلى العدم، والآن ستدفعين الثمن".

ميراليس حاولت التحرك، لكن قدميها كانتا عالقتين في الأرضية التي بدأت تتحول إلى رماد. كان الخوف يتملكها، لكن هناك قوة غريبة بدأت تنبض داخلها، قوة لم تكن تعلم بوجودها. همسات خافتة بدأت تتردد في ذهنها، كلمات قديمة منسية من سحر لم تتعلمه بعد.

"أنا..." بدأت تتحدث، صوتها بالكاد يُسمع وسط الرعب المحيط بها. "أنا لم أفتح هذا الباب لأُسلم روحي".

الكيان اقترب منها، وأخذت الأرض من حوله تذوب كما لو كانت تلتهمها النيران الخفية. قال وهو يمد يده نحوها، كأنه يحاول سحبها إلى العدم: "القرار ليس بيدك الآن".

ولكن قبل أن يصل إليها، شعر الكيان بشيء غير عادي. تلك النبضة الخافتة داخل ميراليس بدأت تزداد قوة، الضوء الذي ظهر سابقًا عاد، لكنه كان أقوى هذه المرة. بدأت روحها تتوهج، والفراغ من حولها بدأ يتراجع، كأن هذا النور كان سلاحًا ضد الظلام.

صرخ الكيان بوحشية، وكأن النور كان يحرقه. "ماذا فعلتِ؟!" هدر بغضب، ولكنه لم يكن قادرًا على الاقتراب أكثر.

ميراليس أدركت أن السحر القديم الذي استخدمته كان أكثر من مجرد كلمات للتحرير؛ كان يحمل شيئًا أعظم. لم يكن هذا النور مجرد قوة، بل كان إرثًا سحريًا قديمًا مخفيًا داخلها، قوة لم تكن تدرك أنها تمتلكها.

مدت يدها إلى الأمام، والنور تصاعد من أطراف أصابعها، ليغمر الكيان بالكامل. بدأت الظلال تتلاشى حوله، والصرخات المليئة بالكراهية والرعب تملأ الفراغ.

"هذه ليس النهاية، ميراليس..." كانت تلك آخر كلمات الكيان قبل أن يختفي تمامًا في قلب العدم، تاركًا وراءه هدوءًا مفاجئًا ومرعبًا في نفس الوقت.

بعد لحظات، كانت ميراليس وحدها، تقف في نفس المكان الذي بدأ فيه كل شيء. الغرفة عادت، ولكن شيئًا عميقًا قد تغير. الظلام لم يختف تمامًا، لكنه تراجع إلى حيث لا تستطيع رؤيته، لكن شعورها الداخلي أخبرها أن ما حدث لم يكن سوى البداية.

في تلك اللحظة، بدأت تدرك الحقيقة. الباب الذي فتحته لم يكن بابًا يمكن إغلاقه بسهولة، والقوى التي أيقظتها لن تعود للنوم.

توقف الزمن مرة أخرى، ولكن هذه المرة، لم يكن في الهدوء أي أمان. كانت الغرفة قد عادت إلى حالتها السابقة، لكن جدرانها كانت تنبض كأنها كائن حي، وكان هناك شعور غامض بالعيون التي تراقبها من كل زاوية.

لم تشعر ميراليس بالراحة، رغم أنها نجت من الكيان الغامض. كانت تلك الأرواح المحبوسة لا تزال تشعر بالحزن والغضب، لكن هناك شيء آخر كان يتربص في الظلام. تزايد إحساسها بأن شيئًا أعمق وأكثر رعبًا كان ينتظرها.

بينما كانت تتجول في الغرفة، سمعت خطوات خافتة وراءها، خطوات غير بشرية، كانت تقترب ببطء. ترددت الأصوات في قلبها، وارتعش جسدها، لكنها استطاعت أن تدير رأسها.

خرج من الظلال كائن مظلم، له شكل إنساني، لكنه كان أكثر رعبًا من أي كيان قابلته من قبل. وجهه كان مشوهًا، وعيناه تتوهجان بلون أزرق مخيف، وكأنهما تحملان جحيمًا كاملاً. كان يرتدي عباءة داكنة ترفرف في الهواء، وكأنها جزء من الظلام نفسه.

"أخيرًا، عثرنا عليكِ، ميراليس." قال بصوت عميق، يتردد كصدى في مكان فارغ. "لقد فتحتِ بابًا لا يجب أن يُفتح، والآن يجب أن تدفعي الثمن".

شعرت ميراليس بدفق من الرعب، ولكنها لم تستطع الهرب. كأنها كانت عالقة في فخ لا يمكنها الخروج منه. الكائن المظلم تقدم نحوها، وكل خطوة كان يخطوها كانت تُحدث صدى مزعج في قلبها.

"أنتِ السبب في كل هذا." تابع، وكأنه يلتهم خوفها. "لقد أيقظتِ قوى لا يستطيع أحد السيطرة عليها. والآن، نحن هنا لنأخذ ما يخصنا".

ومع كل كلمة، شعرت بظلال أخرى تتشكل خلفه، تظهر واحدة تلو الأخرى. كانت أشكالًا مرعبة، تحمل علامات اللعنة، وعيونهم تجسد الحقد والحنق. كان هؤلاء هم الأرواح التي لم تُقبل العودة، المتعطشة للانتقام.

"لكنني لم أقصد ذلك..." حاولت ميراليس أن تتحدث، لكن صوتها كان بالكاد يُسمع وسط الخوف المتزايد.

"لا يهم ما تقصدينه." قاطعها الكائن المظلم. "الخطأ قد حدث، والآن يجب أن تواجهي عواقب أفعالك".

فجأة، انطلق الكائن المظلم نحوها، بينما انطلقت الأرواح الأخرى في ملاحقتها، تملأ المكان بصرخات غير مفهومة. تراجعت ميراليس إلى الوراء، لكن لم يكن هناك مفر. شعرت بشيء يجذبها نحوهم، وكأن الظلام نفسه كان يحاول استعادتها. في تلك اللحظة، بدأت تلاحظ شيئًا غريبًا. لم تكن تلك الأرواح تبحث فقط عن الانتقام، بل كانت ترغب في شيء آخر. كانت تشعر بعطشها للطاقة التي أطلقتها، للسحر القديم الذي يتدفق في عروقها.

"لا!" صاحت، محاولةً إبعادهم عنها. لكنها كانت محاصرة، لا يمكنها الهروب.

مع كل لحظة، كان الخوف يتزايد، وكان الكائن المظلم يقترب أكثر فأكثر. كانت تتذكر تلك النبضة الخافتة التي شعرت بها، وبدأت تدرك أن عليها استخدامها. ربما كان هناك أمل، ربما كانت تلك القوة التي اكتشفتها يمكن أن تكون سلاحها.

لكنها تحتاج إلى الشجاعة، إلى القوة لمواجهة ذلك الظلام. بينما تقدمت الأرواح نحوها، تجمعت القوة بداخلها، وبدأت تشعر بالنور يشتعل مجددًا.

"أنا لا أخافكم !" صاحت، مدفوعة بشجاعة غير متوقعة. "لن أكون فريسة"!

فجأة، أضاءت الغرفة بالكامل بنور ساطع، وكأن الشمس قد ولدت في قلب الليل. الأرواح توقفت، وتراجعت إلى الوراء، في حين أن الكائن المظلم تجمد في مكانه، مصدومًا.

"أنا ميراليس، ولدي القوة !" استمرت في صراخها، بينما كانت تعزز من سحرها القديم.

تلاشت الظلال حولها، لكنها علمت أن المعركة لم تنته بعد. كان الظلام يتراجع، لكن في أعماق قلبها، كانت تعلم أن القوى الشريرة التي أطلقتها لن تتوقف. بل كانت تتربص في الزوايا المظلمة، تنتظر الفرصة المناسبة للعودة، ولتأخذ ما تريده منها. بعد أن تلاشى الضوء الأزرق وعادت الغرفة إلى ظلامها المرعب، كانت ميراليس تعرف الآن يقينًا أنها ليست وحدها. لكن الأسوأ لم يكن في وجود كيان غامض بجانبها، بل في حقيقة أن ما رأته لم يكن مجرد هلوسة، بل ذكرى من ماضٍ نسيته.

عادت الخطى المترددة إلى مسامعها، لكن هذه المرة كانت أسرع، وكأن الكيان الذي سكن المكان لم يعد يتلاعب بها، بل اقترب من اللحظة التي سينقض فيها عليها. كانت تشعر بالهواء

يثقل من حولها، وكل نفس تسحبه كان يزداد صعوبة. كانت الأيادي الباردة غير المرئية تعود، تزحف مرة أخرى نحوها. الآن، أدركت ما أخبرها به الضوء الأزرق في تلك اللحظة الغامضة. الصور التي شاهدتها لم تكن مجرد ذكريات عن قرية غارقة في النار، بل كانت مشاهد من حياتها السابقة. كانت تلك اللعنة قد حُكمت بها منذ أجيال، وكانت هي فقط من استطاع الإفلات منها حتى الآن.

تقدمت ميراليس ببطء نحو المرآة القديمة، التي كانت قد اختفت وعادت لتظهر من جديد، وكأنها جزء من سحر المكان. حدقت في انعكاسها، ولكن ما رأته لم يكن وجهها؛ كان وجه ذلك الكيان الذي رآه النور الأزرق. الوجه الذي يتشكل من الظلال والوجوه المعذبة. كان هو نفس الوجه الذي ناداها سابقًا، الذي يعرف اسمها وأسرارها، الوجه الذي يقبع خلف كل لعنة.

فجأة، تجمد الزمن مجددًا، والظلال بدأت تلتف حولها. الأرواح التي لاحقتها في الفصل السابق ظهرت مرة أخرى، لكن هذه المرة، لم تكن مجرد كوابيس تعيش في العدم، بل كانت أقرب من أي وقت مضى. أرادت تلك الأرواح أن تسترد ما أطلقته ميراليس بفتحها الباب الذي لا يجب أن يُفتح.

"أنتِ منا، ميراليس..." هسست الأرواح، بينما بدأت أصابعهم المظلمة تلمس جلدها. "كل هذا بدأ معكِ... وسينتهي معكِ".

صوت ذلك الكيان الكبير، الذي كان يسكن العدم، عاد مرة أخرى، يتردد في أذنها وكأنه يخرج من أعماق الظلام ذاته. "لقد فتحتِ الباب منذ زمن طويل، والآن سيأتي حسابك".

ميراليس، وقد أصبحت محاصرة تمامًا بالظلال، بدأت تدرك الحقيقة المرعبة. الضوء الأزرق، الذي حاولت الاقتراب منه، لم يكن سبيلاً للهروب بل كان الفخ. لقد قادها إلى هذا العالم المظلم، حيث لا يمكن للروح أن تتحرر مرة أخرى. كانت هذه هي النهاية التي بدأت منذ اللحظة التي سمعت فيها تلك الهمسات الأولى في الفصل الأول.

اللعنة التي كانت قديمة قدم الزمن نفسه، قد اكتملت الآن. ميراليس كانت الحلقة المفقودة في سلسلة الأحداث التي ربطت القرية المحترقة والماضي المظلم بالغرفة التي جلست فيها الآن.

مع صرخة أخيرة ملأت المكان، انجرفت ميراليس في الظلام. تلك الصرخة لم تكن مجرد صوت عادي، بل كانت إعلانًا عن النهاية. كان العدم، الذي حاولت الهروب منه، قد استعادها أخيرًا. الجدران المظلمة الغارقة في الظلال تراجعت معها، تبتلع كل أثر لوجودها.

الغرفة، التي كانت تئن بأصوات الأرواح المعذبة في البداية، أصبحت هادئة تمامًا. لم يعد هناك ضوء أزرق، ولا همسات، ولا كيان يطاردها. كل ما بقي هو الصمت المرعب، حيث لا وجود للحياة أو للموت.

كانت هذه النهاية الحتمية لميراليس. تلك الغرفة، التي كانت
ملاذها في البداية، تحولت إلى قبرها الأخير.
وفي ذلك الليل، كما في كل الليالي، لم يُسمع سوى همسة واحدة
تنبثق من العدم: "ميراليس"...
لكن فجأة، ارتجت الغرفة ببطء، وظهرت خيوط من الضوء
الأزرق من تحت الباب المغلق. توقف الصوت للحظة، وكأن
شيئًا ما لم يُحسم بعد...